另一种月光

程相申 著

天津出版传媒集团
百花文艺出版社

图书在版编目（CIP）数据

另一种月光 / 程相申著 . -- 天津 : 百花文艺出版社 , 2025. 7. -- ISBN 978-7-5306-9197-7

Ⅰ . I227

中国国家版本馆 CIP 数据核字第 202599SJ63 号

另一种月光

LING YIZHONG YUEGUANG

程相申　著

出 版 人：薛印胜

责任编辑：郑　爽

特约策划：吴秀娟

装帧设计：悟阅文化

出版发行：百花文艺出版社

地址：天津市和平区西康路 35 号　**邮编：**300051

电话传真：+86-22-23332651（发行部）

+86-22-23332656（总编室）

+86-22-23332478（邮购部）

网址：http://www.baihuawenyi.com

印刷：四川省东和印务有限责任公司

开本：880 毫米 ×1230 毫米　1/32

字数：163 千字

印张：6.75

版次：2025 年 7 月第 1 版

印次：2025 年 7 月第 1 次印刷

定价：69.00 元

如有印装质量问题，请与四川省东和印务有限责任公司联系调换

地址：成都市高新区双柏东二街 113 号 5 栋 1 层 1 号

电话：028-87586033

邮编：610000

序

亚　楠

一

在新疆诗人中，程相申无疑是一个独特的存在。大约是三十年前吧，相申怀着憧憬与渴望，从人杰地灵的河南南阳参军入伍，来到了被誉为塞外江南的伊犁河谷守望天山，卫戍边疆。后来他被伊犁的美人、美景、美食所吸引，复员转业之后，毫不犹豫地选择在兵团第四师64团场（可克达拉）安家落户。在这片充满诗意的土地上，他从连队普通职工做起，由连队基层干部到团机关部门领导，再荣升副团级职位，踏踏实实，一步一个脚印地茁壮成长。这期间，他还在工作之余潜心写诗，让自己的内心得到安宁，并能够诗意地生活着，工作着。他的诗名越来越大，他还因诗而当选了兵团作协副主席。似乎也可以说，在可克达拉这片诞生了东方小夜曲《草原之夜》的土地上，程相申如鱼得水，收放自如。

二

程相申早年的诗歌作品并不多，但他却痴迷于诗歌创作，总是努力地让作品呈现出一种新意来。那个时候，作为《绿洲》《伊犁河》《绿风》《伊犁日报》《伊犁垦区报》的骨干作者，相申的诗作大多侧重乡土题材，作品清新朴素，诗意地表达自己在伊犁这片土地上生活工作时的所见所闻，所思所感，所爱所憎。尽管当时新边塞诗写作仍风靡于诗坛，但程相申并没有盲目跟风，而是坚持按照自己的步伐，写出独特的、属于自己的诗歌作品。我很赞赏他在写作上的这种自觉和清醒，因为我始终认为，一个缺乏个人主见，也不具备独立思考、判断能力而又处处随波逐流的人，很难写出具有较高艺术价值与审美价值的优秀作品。

三

我与相申认识颇早。最早读到他的诗作时，我还在伊犁的一所师范学校当老师。当时，除了也写一点文学作品之外，我主要就是从事当代文学评论的写作。所以相申也是我最早关注的诗人之一。读他的诗作，总觉得有一种清风扑面的感觉，他来自泥土，来自大地深处。他那种依托自己的生存经验，又不失个性化风格的艺术表达，拓宽了伊犁诗歌的原有路径，使读者能够在他的诗作中看到那些不曾消失的温暖与柔情。从某种意义上讲，相申早期的诗朴素中见真情，意象真切，寓意颇深。尤其是，他总能够以自己的切肤之感，道出事物所隐含的深义。

后来，相申忙于工作。他写得愈加少了。不过，尽管他自己写得很少了，一颗诗心却并没有就此打住。他把对诗歌的热爱转换成对诗歌的关照和扶持。他不断播撒诗歌种子，培养文学新人，接续文学薪火，为繁荣团场文化做出了独特贡献。比如，他在担任团场主要领导和四师宣传部部长、组织部部长以及可克达拉市人大常委会主任期间，多次邀请其他地区文学期刊主编来伊犁举办文学笔会，主办文学讲座与全国诗歌大奖赛，为四师乃至整个伊犁河谷文学繁荣发挥了无可替代的积极作用。值得一提的是，相申每次主办各种文学活动都会打破门户之见，邀请伊犁的作家及文学青年一起参加，充分拓展了伊犁文坛的良好生态和整体团结氛围。

四

长期以来，我始终认为相申做人睿智、机警，有时也不失旷达与坦诚，做事诚信干练，处世得心应手，属于诗人中智商、情商双高的那一类。在伊犁文坛，他总是与人为善，助人为乐，在扶持和培养伊犁本土作家上总是不遗余力。特别是他在扶持帮助青年作家及文学爱好者成长方面，更是竭尽所能，有求必应。正因为如此，他善结良缘，收获了沉甸甸的友谊，也赢得了文坛的赞誉和尊敬。在处理各种复杂人事关系方面，他更是随机应变，游刃有余。相申长于审时度势，以美善为怀，且看重情谊，为自己赢得了良好口碑。

由于相申具备这种为人处世的能力，他不仅工作上顺风顺水，老有所成，诗歌创作上也在明修栈道，暗度陈仓——他从未真正放弃过诗歌写作。现在他已经开始步入另一种生活，从一个奋发有为的青年，成了功成名就的“闲人”，没有职场的压力、焦虑与烦忧，没有种种顾虑，更没有那种无处不在、如影随形的复杂人事关系。静下心来，方能与诗互为缠绵，也只有静下心来，好的诗歌作品才有可能应运而生。我觉得，相申新近所写诗作之所以节奏更舒缓、更从容，遣词造句更朴实、率真，肯定与他这种心理上的放松状态有关。

五

相申又要出版新诗集了，这是他退休后出版的第一部，也是他写诗以来出版的第二部诗歌作品集。我通读了整部作品之后，总的印象是视野开阔，意象新颖，情感炽热，语言鲜活，题材多样，诗意葱郁，且诗歌技艺日臻成熟，具有一定的审美特性和诗学价值。

就诗集内容而言，作品大多取材于他所生活、工作之地的山川、风物、人心、世道、民俗以及他记忆深处那些缱绻难忘的人与事，爱与情。这些人生中的所见、所闻、所想、所感、所悟，都在他的诗作里留下了鲜明印记。无数漫漫长夜，相申深受诗歌“蛊惑”，因而他就把心中瞬间涌起的诗意记录下来，这既是抒怀，也是见证，有如生命足痕，曲折蜿蜒，典藏着诗人诸多的人生秘密。

在相申的这本诗集中，我比较喜欢那些朦胧、饱满、深情，充满语言张力且又颇具现代意识的抒情诗。这些凝聚着生命体验的佳作，意象新奇，开合有度，使用联想、隐喻、象征、暗喻、拟人、拟物、关联、夸张、含蓄等艺术表现手法，把内心的情与爱、得与失表达得朦胧而妩媚：诱人的果实 / 在湛蓝的火焰之下 / 缓缓张开战栗的肉体 / 天空之上的媚眼 / 伴随手指的滑动 / 在千种缤纷中交融 / 回忆从前的花香鸟语 / 你分明是一个迷人的妖精（《一枚熟了的果子》）。

把生命里曾经的秘密注入诗歌，让那种“战栗”“在千种缤纷中交融”，这既是情与爱，也是梦一般朦胧的诗意，想象之美。借果实而写人，其实就是在写自己，写一段惊艳往事，写诗人心底隐藏的刻骨铭心的生命体验。当然，这种表达是艺术化的，是象征的，也是拟人化的，它隐含着诗人难以言说的深层奥秘。诸如此类的诗艺表达，在相申的这部诗集中还有很多。例如，“尖叫声在蛹里 / 那时有人叫你宝贝 / 晨光的鲜亮迷失在香气之中”（《近似一种假设》）。“迥然不同的肌肤 / 在灼热的欲望中迷路 / 那是一张春天的晚报 / 在廊桥的物语中受凉”（《这时的恍惚》）。“相关的一些桃花 / 早些时候温柔地让我握着 / 词语中的惊愕在寒星的羞涩中 / 在一切视线之外被击中”（《虽然是一处致命的硬伤》）。“当然潮和岸的相遇 / 在拒绝中靠近又分离 / 就像那晚上的涨潮 / 覆盖的不仅仅是如水般的柔情”（《这个晴朗的午后》）。“出其不意的诱惑 / 在秋千之上落下 / 为一个痴情的鸟儿殉情”

(《无法抗拒》)。“在民乐中选择一个词作答/在夜晚抵达你的床前//早春的犁铧起伏于泥土/断裂的意识在震颤中觉醒/……一条光滑的鱼/在我唇边游来游去”(《晚安》)。诸如此类，相申用非常隐秘的手法，把潜意识中无法言说的部分呈现出来，留给读者的却是一种似是而非、亦真亦幻的神秘感。此外，像《亲爱的槐花》《一只蝴蝶》《撒娇的荷》《在春天走失的花朵》《镜中的火焰》《如期而至的大雁》《舒展的梅》等等都是他这方面的力作。

相申还有一首情诗《回忆一段犁铧翻动的情景》，我觉得可以看作是他抒情诗的代表作。全诗如下：

当水流过忧伤的唇的一刹那
芒刺穿透人比黄花瘦的你
这个时候　玫瑰的陷阱便已布下
一张巨大的网在空中落下
灵魂在感知此后的日子
伤口无法愈合的模样
有罪的犁铧如此痛快地越过
泪水便四溅在荆棘丛生的路上
午后的泥土依然在喘息中渴求再生

这是一种自然和谐的暧昧的张扬
让我如何回报你的奉献
骨子的碎片和温度一起烧掉了
布谷鸟捎信过来了
有一种季节逝去了就不会再来

谁在让犁铧这样淋漓尽致地翻动
夜晚的五彩语言说完了吗

在无法承受的诺言过后
谁又能听到一些什么
错失美好爱情的妇人在远山间行走
欲望的眼神盯着她的娇媚
天堂和地狱只有一步之遥
一些场景中的想象和惧怕
窗外展示一片平坦的画面
悬浮中的空想
被死亡的刀刃舔舐
娴静的姿态有泪痕渗出
就像某些事件中的灾难
出其不意中就会降临

天尽头的那堆篝火
是谁刚刚把它点燃
向往被燃烧的生命
此刻正爆出柳绿花红

真实抑或假象都不重要
重要的是这是一次隐秘的旅行
无论时间长短都足以让人回味一生
属于谁的这片泥土
就这样留在梦里遥遥无期

这首情诗里涌动着一缕淡淡的忧伤。诗人运用象征、隐喻、比拟、夸张等手法，把记忆中那些难以承受之重转换成某种情绪，那里有追忆，有怀想，有喜悦，也有无奈。或许，诗人早就知道心中的那朵玫瑰“逝去了就不会再来”。但他也同时明白，

“娴静的姿态有泪痕渗出／就像某些事件中的灾难”。因此，诗人一方面渴望继续“让犁铧这样淋漓尽致地翻动”，揣摩着“泥土依然在喘息中渴求再生”；另一方面，诗人又称这是“有罪的犁铧”，并表示“让我如何回报你的奉献”。在这里，得与失，爱与痛，喜与悲，动与静，酸甜苦辣百般滋味，都幻化成悲欣交集的追忆和怀念。除此之外，细节及叙述性诸元素的运用，也使这首诗具有清晰可感的故事性特征。“真实抑或假象都不重要／重要的是这是一次隐秘的旅行／无论时间长短都足以让人回味一生／属于谁的这片泥土／就这样留在梦里遥遥无期”——“真实”“假象”“时间”“泥土”“隐秘的旅行”“回味一生”“遥遥无期”等等，从中既可以感知叙述者阴晴圆缺的情绪张力，也能意会诗人与自己心爱之人悲欢离合的爱情故事。

六

一个人无论飞得多高，走得多远，故乡和母亲都是他生命里挥之不去的乡愁。相申当然也不会例外。在这部诗集中，还有一个亮点就是他编入第四辑的那些关于故乡，关于母亲的文字。他说“忏悔在每一个您离去后的时光里／怀念往事中您的幸福的照耀”(《思念母亲》)，他说“我是一个归乡探亲的人／屋前平坦／屋后的月亮每晚都要升起来／我守着母亲失眠／孤身离家多年，家依然宽容待我”(《时间的流逝也是一种情殇》)，他说“思乡的泪顺腮而下”(《有时候会想起一些孤单的事情》)……这些诗情真意切，是一个游子远离故土，失去亲人之后的眷恋、哀思、祈愿，更是诗人对养育自己的故土和至亲之人的感恩、追思、悼念，字里行间充满了不安与忏悔之情。

我们似乎不难发现，相申的这一部分诗作往往直抒胸臆，自然而然，就像情感的春潮一般急流奔涌，倾泻而下。他不再像写情诗那样有意模糊、隐晦，表现手法也变得更加简洁、直白。谁不热爱故乡，不感恩父母的养育之恩呢？当诗人回到故乡，扑面而来的是亲人春风般的慈悲和温暖，是久别之后重逢的慨叹与惊喜。当然也有在母亲病重期间，作为人子不能守护尽孝的那种无奈与痛悔……每当一些特定日子，每当繁忙的工作之余，诗人都会想起故乡，想起母亲，想起童年，想起那里的山川草木，想起曾经滋润过自己的雨露阳光。所以他的诗就是情感的自然流露，是真情真意在岁月锻造下的结晶体，拥有照亮灵魂、温暖人心的独特魅力。因此我以为，相申这些思乡怀人的诗作之所以能够吸引人，感染人，源头大约就在于此吧。

七

固然，在此我最后还想说的是，就这部诗集的整体而言，相申近两三年的诗歌写作风格有所改变，诗歌意境不断拓深，文本个性也更加突出了。创作实践告诉我们，任何一个成熟的好诗人，都在创作历程中默默地不断吸纳，不断探索，不断变化，不断超越自己。

相申曾被人称为伊犁诗坛的三剑客之一。显然在20世纪60年代出生的诗人中，相申可谓一个亮眼的明星。他让诗点亮自己，也让诗温暖世道人心。当然他又反过来，让职场经验拓宽视野，不断提高自己的观察和思考能力。在这两者之间，他很好地发挥了独到的认知专长。相申自己写诗，也曾带着一群人写诗，且硕果累累，这的确需要才智和情怀。我相信，作为一个诗坛的“归来者”，他必将重整旗鼓，另辟蹊径。这是因为，他的漫长诗歌之路才刚刚渐入佳境。

2023.7.21 于边城伊宁市

目录

第一辑　玄月帖

第二辑　一把惊恐不安的钥匙

第三辑　远去的彼岸

第四辑　故乡的眼神

第一辑

玄月帖

这令人渴望的夜色撩人

万物许下诺言

十指相扣

浅笑安然

玄月帖

走过的山路还在
山顶上空的云
是你给我讲过的最心动的往事
是我听过的最动听的笛音
轻飞如燕
战栗无度

一帖望月的面孔
悬在夏塔古道
牧人搅动转场的纪念
覆盖晃动的山峦
马蹄声傲慢而又高贵

这令人渴望的夜色撩人
万物许下诺言
十指相扣
浅笑安然
吹笛者已经物是人非

暮色中的摇晃

那些开成花朵的经卷
眨眼间安静了下来
脚步踌躇，在黑夜到来之前
坐在生动的鸟儿们的门前
忽略一块石头的游动
霜降使人失眠，孤独成宿命
时间在诱人的果树上驻足
巧妙的姿势高过天堂
在云间舒展
梵音袅袅，灵魂错失良机

大地安然，看不见旋转的来世
始料不及的跋涉
艰难得超出所有想象
高一声低一声的呼唤
是从江南伸出来的一枝莲花
端坐在西域的山高水阔之间
与尘烟相依为命
沉默寡言而又唏嘘无常

太多的困惑和遗忘
借这场心跳的暮色还魂
归来已成悲伤

隐

洁白的山峰被大雾缠绕
我担心这弥漫中神秘的感召
起伏的山峦借草木还魂
万物迷离其间
纤尘不染而又旷远辽阔
这山川的锦缎
透明一次惊喜的祭品
长夜需要一盏灯
是一场告别仪式后的盐
曾经爱过的一个人的身子
逝者如斯后的安慰
结局之后的原点
接受无辜的那张脸
是否已经疲惫不堪

秋雨之殇

深秋的第一场雨里
叶子开始感觉寒冷
凋零
寻找灿烂过后的归宿
曾经舍不得挥霍的荣耀
以及坠下时的暗淡

芦花泛白
一程山水的距离太短
急促的雨水中跌落的殇
是一个人浮云一样的江湖
天空中的痕迹是又一次的作别
隐入暮霭的望穿之后
仿佛有背影落荒而逃

另一种月光

最近每天晚上去一次楼顶
看小城万家灯火的同时
想看看每天晚上都不一样的月光
这样的晚上，街道是寂静的
我喜欢的热闹景象都躲在了月亮之后
这浮云下的光也病了
症状忽明忽暗
顷刻间又躲进了云层
是不是它怕这黑夜的冷
害怕黑夜里断了翅膀的鸟鸣

这是让无数人分离的
花凋月不圆的夜
到处有暗影出没
冷漠而又相望无语

苟且的心情断肠尘间
清冷的月背负沮丧的苦涩
多少人泪花挂满忧伤
这场让人措手不及的喜剧
终会在历史的废墟里
找到真相

一座美术馆，半醒在梦中

这山脉的走向，漫不经心
在隐隐地舒展
雕像般凝固，可以安慰的一种
坚实的闪耀在小城一隅
这仪式抵达肉体，受洗后变得透明

一封信走得太久，一个敏感的词
轻轻相爱，缓缓归来
雕花的廊道，隔着一条河
雾里芳香的记忆，刹那间人到中年

脚手架上的主人，称颂谁的一帧肖像
岁月提速，这动态的姿势和力量
体内的乐感，正上演一曲合唱
一个离开那么久的人
归来仍是当年的模样

一首歌流淌至今，夜色毫无倦意
稻香从伊犁河左岸赶来，审视
千年之后，又变成谁的雕像

寂静

此时秋光如水
从早到晚风声鹤唳
悲伤不忍置身事外
孤独也是一种义无反顾
望不到尽头的梦，虚空的煎熬
疾风吹散的秋叶，以及
被鸟啄食剩下的果核

尘烟在寂静中陷入灾难
无法弥补狭隘的吞噬
就像远眺的这条河
模糊而又悠远

感知时间的穿行
痛楚正掏空余下的腐叶
遗忘这种病
暂无良药可治

望而却步，一场凄冷的秋雨之后
这寂静终会挣脱咒语

丢失的鸟儿

一簇簇失意的花束
被人遗弃在枯萎了的草丛中
这个秋天正裂开疼痛的伤口
嗡嗡地披着嫁衣离去

胡杨的身躯东倒西歪
那是干涸久了的无奈
它们在集体弯腰膜拜雨水到来
这必经之路的黄叶
孤立于风的抵达之前
一幅油画被一群鸟儿带走

这还是去年秋天一模一样的场景
过不了多久，就会有一份新年礼物送达
硕大的天空
注视不到消失了的笨拙
挑衅的语言里
都说是水做的道具

有时你会看到一群一群的雏鸡
在草丛里出没

偶尔也会碰到野狗和猫
传播出一些小道消息

闲来无事的我
心头依然藏着好多奢侈
有时放松后的指引与体验
一些感觉突然殒命
我一直百思不得其解
破晓前的真相
一场对峙之后
那只疲乏的鸟儿到底去了哪里

一个人的夜晚

街道上空无一人
过去的繁华和喧嚣
躲进了万家灯火
一扇窗变成寂静
微风缓缓吹过
仿佛尘埃中的阴影
偶尔听到乌鸦的叫声
在固有的位置摇摆不定
这曼妙的夜色
只有一个人在狂饮
进入凌晨就进入了另一个极端
一个热爱生活的人
一声凋落的叹息
放纵固执
或者不由自主地躲藏

微风依然在吹
那扇发出幽暗光的窗
在呻吟中撕去伪装

物语

这是暮秋中的一座小城
树叶遇见晚风
千姿百态的花朵开始凋落
一棵银杏树的律动
在云端中喃喃私语
风过无痕的童话
已经开始闭目养神

从哪里传来的脚步声
如命运拾级而上
起落不定
穿过坦荡的黑暗
淡淡的了无痕迹

谜团

迷人的伊昭公路突然变得孤独
一年的落叶静候恍然的
一场大雪的出现
隐隐地卷起的云
宽阔而又迷离
一条天河庄严出现
忽然又消失

草原枯叶遍地
雍容的翻滚已被牧人收走
白石峰的白置身苍凉
裸得像个弃儿
匆匆的一场游戏
就这样跌落谷底

屋顶在跳舞

这呼叫中的烟霞
似乎都从树叶上飘了出去
音符在放低身价
天空的高度让人气喘吁吁
脚下迷人的弧线
划出一个拔高了的摇摆
季节的风爱上某朵云
望断天涯

此刻已经听不见鸟儿的叫声
音节是迟到的妩媚
洒在身上诗情画意
栅栏之外的远山和桥
肥硕的一群群牛羊
这迷人的场景
如鹰一样自由

情绪在透明中弥漫
走神的是一个又一个陷阱
一些眩晕安逸得如此有趣
挥洒而又自如

河边

岸上行人走得很辛苦
有人思想走光有人目光黯淡
风沙侵吞了秋天的澄蓝
红柳潮湿了冰凉的窒息
急切的忍受找寻安宁的祭祀
一个时辰被洗劫
脚步沉重于铭记
焦虑的是被冲刺的拷问
淹没秋天的谢幕

一些疼已经过期
秋雨正冲刷这个季节
留下的全部记忆

礼物

山在眺望尘世的蓝
十字架挂在云端
一些人跪在黄昏
烟雾弥漫

走远的猎人是那么渺小
是那么的漫无目的
草原安静得不可思议
只剩下这些苦难的牵挂

这是一场生存的博弈
人与自然界这部连续剧
落幕时已是漆黑一片

梦呓

这条河在飞溅时尖叫
我在盲目寻找出口
一条鱼从一个人的双腿间穿过
而热情接近本真的渴望
我看见岸的方向有门的形状
我看见水底下面有自由弯曲的月亮

早晨醒来还是在河边
一条青蛇撒谎似的逃掉

影子拐进诱惑中的阴凉
一声呓语传来
我怀疑是否走错了方向
而暗处昭示我的是一种
另外的真相

遭遇暗箭

花拳绣腿
还有一段往事被紧紧咬住
不露声色
老谋深算
在水红的夕阳深处
浮尘绝去
让人格外揪心

如今硝烟和血腥已散
一只香唇在羞涩的阴谋中
得意忘形

穿过冰达坂
我们需要更加险峻的山道

忧伤的另一种可能

没有人不渴望绽放的花朵
听欢跃的鱼在浪尖上歌唱
那在退潮后被抹掉的记忆
我们走了很远的路
偷走了爱情的烟雾
在宁静中匆匆掠过人为的陷阱
柔软的颗粒是一种毒药
糜烂在拐角的胡同
一炷香火的吵闹声
在自杀中焚燃

不知姓名的异乡人
在我们生存的边缘行走
黑暗无期见证落花无情
一只鹰的高度
在恐惧中变成陌生

大雪落下
一年又一年的习惯
就这样忧伤般此起彼伏

在库尔德宁想起一位醉酒的朋友

我曾在夜风中看见一只鸟
在摇曳的风景中失去平衡
一只蜜蜂和一粒花粉
被轻易地颠覆

泪水浸透了草根的秘密
酸楚和期待
像风一样吹走了不再归来
这是昨天一场大雪的杰作
铺满青草的大地
使一个醉者最幸福地睡去

一个惧怕寂寞的人
被酒香和月光沐浴
裸露的灵魂
被任意流淌的情感深入
满怀惆怅和沧桑
如云一样飘去
又凄美无声地落在地上

片刻

一种纯粹的黄
引诱一个漫无目的的病人
由于遗忘了尘埃的过敏
依然与执着的痛抗击
这是一个庞大的命题
整个夏天变得虚无
远处皮肤一样的雪峰
纯净的白
礼物般云涌的激情
一场阴谋过后
看不见夏天过后秋的愈合

因为诱惑病已远去
这花香是药
是温暖的水波
在心脏的跳动中荡漾

自由的呼吸

柔软的河水从雪山来
而我的脚步从光阴穿过

嬉戏中的野鸭子
在久违的青草中作乱
水烟中的氤氲
像泼墨的画
壮烈在西去的夕阳里
一派新鲜的闪亮

无形的时光
拥纳河流的走向
单纯的眼神被夕阳捞去
我在储备热能
灵魂飘落之上
看不透隐隐的来路

大好河山一干二净
故里的往事
在万物凋敝的秋天

收获四季平安之果
面对尘埃中的天空
期待一场雪无声落下

秘语

可克达拉的花开在水中
莲的心事随风盛开
一条大道硕果累累
一群人在记忆的土地上
昭示天涯如履

桥上的灯火
穿过明亮的时空
年轮的风兀自吹去
一派繁花似锦的月
弦在哗哗作响的枝头
出其不意
满身皆为行云流水

秘而不宣的物语
在良辰美景中复活
小城深幽之处
在油然而生的手指之上
自豪

遇见

芦苇黄衣后的伊犁河
在奔跑中的一些想象
植根于河床下的某些断句
临河一角的水际线
谁家的新娘在徘徊
在雾的斑驳里
醉成小桥流水
醉成浪花一朵

风的凉意是身不由己的虚空
如同这芦苇般无端缥缈
不知纵深处的断崖
险象环生

谎言

结局寒冷
在花茎中死去真实
血管中灌满幻想的蓝
冥想中跌落一把利刃

无限的边际是长长的一条路
一段场景依旧烟雨蒙蒙
明媚的春天已经走远
一些想法被现实谋杀

光阴

一抹华衣
在云端之上的姿势
以风的方向倒流

从一种高度的窒息开始
灵魂不在状态
实体中的存在持续挣扎

地面上的一条河干涸了
数着时间的人
被人送进了坟墓

看不透的一些事物

在昭苏
我没有看到樱桃的红
五月
这里还叫春天
一场风被弥漫的香缠绕
一块石头在雨滴中笼罩归去的路
绿得无边的草在固守最初的守候
瞬间逝去的春天让人有些心碎
漫过天边的云被什么扰乱
恍惚中我看见来时的
第一瓣芽
这时
正坚持进入阳光的怀抱

不能说疼

命硬于水，化身为草
虚无的伤口真实在哭
一只鸟在无奈地笑
这悲伤的语言无人能破解
还有那么多透明的欲望与烦忧
从最不认识的意识入手
真的，今生真的无路可逃

遗忘

羽在不远处
梦回唐朝那场大雪
一匹马的火焰
幻想一只白狐的等待

一把骨头撒落在荒野
在无人的时候
一位古典的美人在跟谁说话
一幅画开始褪色
一个故事过了保质期

关系

石头被河水诱惑
就像风
秋天与树叶的无情
就像鱼
水与火的缠绵

枯枝依然贪恋阳光
那些兴致勃勃的念头
在路上
依然幻想明媚

游戏

与紫色相比
你的白接近云
接近女人的纯粹

与红色相比
你的白接近落雪
接近男人的江山

与黄色相比
你的白接近佛语中的炊烟
接近婴儿的哭泣

与蓝色相比
你的白接近辽阔
接近一座城市的天际线

时间

读到另一种法则
从一座桥到另一座桥
从内心隐秘的路径出发
河水和白云一色
杨柳是那么的娇柔
柳絮如鸭鸣声
无形的水草
这不分时辰的上升
偷窥晚风吹来的花语
三只黑天鹅
不知又飞去了哪里
万物正从烟尘中赶来

晨练

柏树的枝丫很多枯萎了
桃花已谢
杏儿开始青涩
坚硬的山路两旁
是盛开的牡丹花
和含苞待放的月季
正跃跃欲试般绽放

这个季节的故乡不冷不热
到处是应接不暇的各种花节
特别是名冠天下的牡丹
好像一下子开到了河南的每一个角落
红白黄紫黑……
目不转睛中不由得迷失了自我
让人不自觉地明白了
“花开时节动京城”
对于故乡
那是怎样的一种气魄

雨中构想

灵魂在雨中安放
去处是一片淋不到的隐秘
热爱在茫然之间痴迷
在泥土下埋着许多形容词
覆盖世间的无奈
滞留，沉默
一些杂念变得辽远

这不一样的雨天
雨滴变得焦躁
体内开始悬空
孤单突然破碎
空旷被风的声音充满
坚硬的舌尖出没在黑暗之中
流言的猎物被屡屡击中
尘世的苍凉
缓缓寻找归途
过完这个秋分时节
再去度另一种人间之苦

恬静的秋天

秋天依然弥漫着
桂花一样的纠缠
曲径通幽般恬静
鲜活的心情
重逢与分离
都是一种虚度时光

惜别聚了又散场的
夜不能眠
这季节的目的被打湿的时间俘虏
听风声繁华落尽
什么时间
那双望穿秋水的眼
还会魂不守舍

隔住多远的心岸
悲凉的寂寞中
叶落无痕
难忘断肠的过往
一声笛音的独白
在四季轮回中
选择释怀的另一种可能

桥的戏装

雾的纯粹与朦胧
你看见隐约的那么多的欲望
从桥下的一片稻田中脱骨换胎
水在雾中想到天上的蓝
想到草原与鹰
一泻千里的江山
亘远绵延

出其不意的惊喜
一座城市的笑脸相迎
独倚桥栏时的浮想
对泥土的不舍
远处胡杨林渗出的泪水
角色扮演里的富足
抽身一次黑夜的掩饰
其实是对一种态度的守护

念想

不可思议
这甜蜜一样的敏感
在刺眼的光中埋伏
自然深处的饮者
在冗长季节凝滞
欲言又止的风铃声
在乏味的雪夜去了别处
赴约时的貌合神离
轻启的唇
在语言的润泽里缓缓打开

一些往事就这样不由自主降临
久违的旷野
逃离黑暗后的行踪
在思考后放纵
毫无抵抗力燃起幻想

归来的光阴藏在童话中
洞穿密不透风的隐喻
想起那么多故人的呼唤
分别太久的山谷

共鸣的痕迹早已经不见

浸染过的灵魂
如一片孤独的羽毛飘落
高远而又真实的表达
是冬去春来的归巢
是安抚一个人最好的去处
狗吠声是回家人期待已久的念想
幸福就这样悄无声息来临

大寒之后

是的，立春接着就来
仿佛渐暖的日子
都要抢着去完成一次循环
我的脚尖稍不留神
又会伸进童年

仿佛想象的杏花
都开得那么快活
桃花若有所思
灿烂得花枝乱颤
一场欢宴即将降临
世间取舍皆是因果使然

品尝这花瓣一样的充足
意念明显感到风暴一样猛烈
比我期待的草木的香气
腊酒新岁
持久悠远

木槿花，朝开暮落的立场

从树到餐桌
想起第一次尝到的味道
一些想象的高度
至今无法企及
一朵花的逻辑
就这样伸展开来
容纳时间之外的意象
波及朝开暮落的立场

信仰的色彩可以入药
清热利湿又缓解疼痛
弥补臆想中的乡愁
饥渴从未消失
有时甚至如河流一样奔腾不息

不需要固定在一个位置
一朵一朵的力
确定生生不息的充盈
万物吟诵这饱满的愿望
礼仪在一个生日里完成

季节的狂热此一时彼一时
读懂一朵花的生命过程
永远不会迷路
履印被一场风雨埋葬
不期而至的绽开
痴情时的娇喘
深入其怀后的哑然
羞愧于本能的一次误判

隐于万物

这个春天好诱人
花们在一丝不苟地开放
风被裁成垂下的裙装
柳枝一样摇摆
海棠路不知所云
一枝海棠也没有
开出的都是粉色的杏花雨
一条街道都在水中沦陷

迷人的音乐任性般
在游人的脸上种下春天的胭脂
这是我的江南
花季以甜丝丝的方式打开
蓬勃而又贪婪
垂涎欲滴的众生相
熟悉得没有边界

陷于万物的抚摸
天堂一样的伊犁
始终呈现着诱人的成熟

说来就来的执念
用一条向东流的河水
敬奉给这片大地的桃红柳绿

祝福是一粒种子

盛夏的呼吸声是潮湿的
脚印分辨不出
是晦暗或是明亮
下过的雨疑点密集
唇语在耳后的阴谋
熟悉而又陌生

穿过身体的植物
是一场盛大的冒险
枝叶删繁就简后
有的葱茏有的枯萎
死亡不需要祈祷
无法自拔的真相
在某个细胞里藏着
包括噪声一样的蝉鸣
听起来如同哭泣
时间这张欲言又止的嘴
不堪得让人深不可测

一把长刃流浪江湖已久
趁着烈酒还未酿好

偷窥的野草正在发呆
受伤的风去接受治愈
此时农时已到
祝福正播下第一粒种子

微地形是一朵花的祭坛

所有花儿的绽放都是沉重的
凋敝时破碎的花瓣
盛开时被蒙尘的花蕊
人们只看到她舞台中央的荣耀
忽视了她背负的累累伤痕

微地形是给花们准备的祭台
方便人们去观察一朵花的重生
抵抗所有的危险
因贪婪而生成的妒忌
囚禁之后
咒语已渐渐消失

清风对春天熟视无睹

扎下根的树
得道于对藤的奢求
需要深处的甜吐出回忆
在时间的河流之外喘息
雪山下的羊群
拥挤在茂盛的草原深处
梦里的桃花源
在山梁上被云朵惊醒
炊烟的高度
是牧人连接人间的暖

绵延的松涛语焉不详
穿过光阴的风
驱赶山谷里的回应
纷争不断
云朵晃动着草浪
一群马在抒情
让你无法抵达
逝者如斯的江湖

无我之境里的群山

承诺后的草原醒着
鹰在无法预测的时空里
无迹可寻

牡丹的浓度

眼花缭乱这四个字
是踏入洛阳牡丹园第一个想起的形容词
朋友介绍说牡丹花有两百多个品种
三天看了三个不同的牡丹园
当然了
中间穿插还看了博物馆民俗馆
游了小浪底吃了黄河大鲤鱼
真是一日看尽八方花
三天享尽口腹之福
临走时老同学还在馋我：
过几天有戏曲名家演出
你走了可甭后悔

我怎么会不后悔呢
只因我的胃已承受不住这太浓的乡情
我只有早点溜之大吉

折断的时间

趁着土地正忙碌翻新
积水也躲进草茎
涌动在凌乱中徘徊
急促的行程
匆忙从被摧残里躲闪出来
从黑到白的火焰
击破旧事的缠绕
慵懒而又缓慢
一段引发鸟鸣的良木
仍旧透明
复制打磨后的青色显现
蜕变之后幸存的指认

时间在喃喃祈祷
一块石头潸然时的温情
阡陌之间飞翔的身姿
在风景如画中还俗
多像这场迷路的雨
不该淋湿一个喜欢赶早的人

第二辑

一把惊恐不安的钥匙

一片烟雾了无痕迹

追求的方向是这样的用心良苦

一把惊恐不安的钥匙

这种夜晚很特殊
有迅猛的风、打开的书页
跳动的裙裾和诡异的思想
在零点之后
在惊恐不安中生硬跌撞
在湿意的侵蚀下痛苦地破碎
血脉汹涌着战栗
视线变得灰白和迟疑
一份生动和新鲜的晚宴
在月亮爬上来之后
在矜持中变得慌乱和不安
一片烟雾了无痕迹
追求的方向是这样的用心良苦

这场雪来得不是时候

不由自主地等待一生
这个过程单纯得像枝玫瑰
像只孑然飞来的无虑的蝴蝶
在玫瑰上面娇媚地享受跳舞的快乐
然后离去
用惊恐不安的委屈
撒落一地花粉
这样幻想的诺言
在影子出没的月桂中
星辰闪烁不定
弥漫的大雪来得太急
一场游戏在窗外的树梢上晃动
而今的这些景致已逝
一个叫作小雪的女人
在这场大雪落下的时候
不知去了哪里

暗伤

冰凉的风是你暗夜的唇
那么多的音节失眠
矜持躲避窒息般的快感
目睹这个叫作情人谷的地方
幽幽地看见你在云端的模样
而今天缠满藤蔓的岸上的风景
在秘密中悄悄转身
嗅到一些死人的气息
一个痴心的女人
最终没有明白新陈代谢的真理
那些留在谷底的脚印
转世后一定会寒光闪闪

风中的诺言

一些想法下落不明
这还是一些昨天的想法
这么快就纯粹为游戏
甚至没有可怜的预兆
甚至没留下一缕青烟
比如一些生活用品
那些天真的笑
毫无逻辑的裙装中
婉转入云般的浪漫
大风把一些苹果吹落
一个梦游者
在海枯石烂的路上
走得筋疲力尽

一枚熟了的果子

在一个人的深夜里
因你而迷乱的心灵的运动
一泓神秘的水域被我蹚过
溅落的烛泪
在死亡中美丽成相思的藤蔓
是谁在唱那支忧伤的情歌
诱人的果实
在湛蓝的火焰之下
缓缓张开战栗的肉体
天空之上的媚眼
伴随手指的滑动
在千种缤纷中交融
回忆从前的花香鸟语
你分明是一个迷人的妖精

近似一种假设

尖叫声在蛹里
那时有人叫你宝贝
晨光的鲜亮迷失在香气之中
一双看不见黑夜的眼睛
在没有幸福感地旋转
如现在鲜美的纠缠
忘记祈祷
和破碎的饮泣

某一天劫数来临
这根命运的钉子
在不确定的方向中带来灾难
怎么来拒绝神思恍惚的破坏力
那棵带着甜味的植物
在视而不见的路上
你能看见纸里包住的火
以及火焰下面的清醒与心跳

这时的恍惚

如果一次雨的过程
是我距离你的千里之遥
那次栀子花哀伤的疲惫
你能否有一种触摸的冲动
仿佛所结的渔网会合后
抵挡已经泄露了的秘密

干净的暗示悲伤成一种可能
迥然不同的肌肤
在灼热的欲望中迷路
那是一张春天的晚报
在廊桥的物语中受凉

真的牌坊是一件凶器
一个人在雨中夜读《论语》
五指隐隐作痛的骨节
不知何时会背道而驰

虽然是一处致命的硬伤

相关的一些桃花
早些时候温柔地让我握着
词语中的惊愕在寒星的羞涩中
在一切视线之外被击中

这是下午八点之后的一只手
举在谁家的门前渐渐沉寂下来
莫名的谦恭和礼节
厌倦着远处传来的往事
好像燕子一样神秘地低语
好像在密不透风的异常中
为自己的情人预定花期
并突然随风发出声响

这个晴朗的午后

是谁把你从远方唤来
这个晴朗的午后
藏着你最美丽的怀念
甚至没来得及让你的泪
滑过我能听懂的手腕
其实我在夏天的时候
就感觉到了秋天的分量
就像树叶滑落的过程
真实而又自然

我知道你的感觉是那么美好
如阳光下的海和潮汐中的海滩
当然潮和岸的相遇
在拒绝中靠近又分离
就像那晚上的涨潮
覆盖的不仅仅是如水般的柔情
还有坚硬的反叛
尽管一次次逃遁
那种带伤的无奈和束手无策
终归要相互确认
就像一朵孽缘

只有在凋零时
才如梦方醒

这真是一方明镜般的领地
辽阔的海面正上演一场喜剧
冰清玉洁，迎风而立
被语言抚摸过的眼泪啊
是一万年后海底最美丽的珠玉

无法抗拒

习惯春天里想起烟花四月的美人
无辜的花蕾被惨淡的炫目击中
出其不意的诱惑
在秋千之上落下
为一个痴情的鸟儿殉情
一声不响的我的诗歌
在手心中滑动
失去知觉的爱情啊
将惊涛般的浪碾为花丛
今夜的月光很暗
今夜的恋人无语

暂无眼泪

在通宵达旦的河的对岸
你在薰衣草紫色的裙子中
生动地坐在流淌这样花香的方向
静静地安息并四肢修长

昨夜有雾缠绕在谁的怀里的曲线
你让饥饿对我长驱直入
而我的黑暗迟迟不来
阴冷的记忆背叛了身体的天堂
寒光闪在黄花的窗外
你在这样突然而至之后
又突然离开

雨轻轻落在这个晚上

这样的雨滴一颗一颗击在我的心上
此时在异乡想起
你那里一定是清风徐徐
想象着你的心里也正在下雨
因为有人说你是一个妖媚的狐
我想象着一只狐和一只羊的区别
有什么不同
就如同今夜剥下的那枚荔枝
在我手掌温柔如血
这火红之躯有点像你
开门见山，朴素生长
像湖面的那座山
阳处伟岸，阴处有花蕾绽放
雨就这样不停地下着
生长的欲望是风的速度
雨水真好
你那里也应该一如既往
因我细读流年一万年不长

刻意的等待

不敢轻易触动
这一生中这样的日子屈指可数
从不相信命运
风就这样徐徐地吹
相遇在天意的瞬间
改变着苟活尘世之外
预知那些已经到来的痕迹

热衷于圣洁的名声
谁都是一粒微不足道的尘埃
羞涩的幻觉意味着祭坛之上
上帝苦心安慰着我们的灵魂

若干年后那雕塑一样的标本
一定能慢慢走出黑暗
那时的时间残骸已成为奴隶
回忆这刻意等待中的距离
一定会是一段幸福的光景

欲望标本

缓缓地融化
就像一个人安然地睡去
千里之外的慌张
在失散的折磨中，作为一种象征
在去向不明中惶惶不安

很多的时候唇边的青涩
会不经意地流入另一个世界
一颗心轻轻把酸楚渗入
内疚锋利而又冷冽

每次经过的那片树荫
像我的语言杂乱无章
而我疯长着的思绪
蜂一样地飞来飞去
渴望身边的呼吸
在悲伤之外，在红尘之外
自由地逃离

纪念某一个日子

依然在日落之前看到你
藏在衣服里面的翅膀
在一种习惯的画面里
水一样地蒸发

止于一定的高度
你又会坠下
一根水做的绳子
牵动你的琴声
这样的婉转的杨柳
我怀想着又一次邂逅
那样刚强的意识
神话般吹出笛音
在盛开的莲花中囚禁

服从岁月的制约
我们去寻找无效的私奔

无法感知的尘土

屋外风起的时候
你的泪滑到了半个圆月的晚上
模糊不清的童话
像泼墨的画
在四面八方的寻找中
迷路的人失去了方向

只是无法安静下来的
何止是这简单的文字
在触手可及的生命的云朵之上
上帝正呼唤着殉难者的名字
逆水而上
离生命很近
爱却那么遥远

对一种目光的回忆

你退去的初潮
像一个醉酒者的腮
东摇西摆
我在人来人往的堤岸
读你额上繁星般的脂香
来自六朝古都的遗风
每一寸肌肤都充满着渴望
让我想起早年的山明水媚
以风吹的流向传达感恩的脉动
佛的手掌被劈得四分五裂
你随意捡拾的一枚碎片
都是一句藏着的暗语
一些孤立的念头与幸福无缘
与秩序中的孩童无忌的笑声
归于一体

天很蓝，九十九级云梯之上
那条通往天堂的路很干净
瓶中的玫瑰
载不动一声鸟鸣

晚安

在民乐中选择一个词作答
在夜晚抵达你的床前

早春的犁铧起伏于泥土
断裂的意识在震颤中觉醒
黑夜是辽阔的失眠
覆盖某种造型
一条光滑的鱼
在我唇边游来游去

七夕

是凋敝玫瑰留下最后的一丝气息
是爱情吊在秋千上荡来荡去
变得无影无踪的
传
奇

你是我相见恨晚的人

一棵老树的方向
一处伤口的玉米粒
树的年轮在说着闲话
隐身中的沧桑
云彩哽咽般飘来飘去
一只鸟飞过枝头
一块镜子致敬死去的声音
一朵花失魂落魄
旧人的哭了无痕迹

回忆一段犁铧翻动的情景

当水流过忧伤的唇的一刹那
芒刺穿透人比黄花瘦的你
这个时候　玫瑰的陷阱便已布下
一张巨大的网在空中落下
灵魂在感知此后的日子
伤口无法愈合的模样
有罪的犁铧如此痛快地越过
泪水便四溅在荆棘丛生的路上
午后的泥土依然在喘息中渴求再生

这是一种自然和谐的暧昧的张扬
让我如何回报你的奉献
骨子的碎片和温度一起烧掉了
布谷鸟捎信过来了
有一种季节逝去了就不会再来

谁在让犁铧这样淋漓尽致地翻动
夜晚的五彩语言说完了吗
在无法承受的诺言过后
谁又能听到一些什么
错失美好爱情的妇人在远山间行走

欲望的眼神盯着她的娇媚
天堂和地狱只有一步之遥
一些场景中的想象和惧怕
窗外展示一片平坦的画面
悬浮中的空想
被死亡的刀刃舔舐
娴静的姿态有泪痕渗出
就像某些事件中的灾难
出其不意中就会降临

天尽头的那堆篝火
是谁刚刚把它点燃
向往被燃烧的生命
此刻正爆出柳绿花红

真实抑或假象都不重要
重要的是这是一次隐秘的旅行
无论时间长短都足以让人回味一生
属于谁的这片泥土
就这样留在梦里遥遥无期

如期而至的大雁

你吻了我的手心之后
飞到北方
叫作幸福的东西
在天空中飘荡
又看到了你丰厚的嘴唇
时间的划痕留在你的舌尖
让我想起你许下的诺言
在黄昏依依的初夏
每夜都在我的梦里澄明显现

没有你的时候我是这样
辛酸会慢慢浸入我的骨骼
不经意间就会为你折断
你在麦田里的肢体语言
诱惑，个人用敏感的绳索
多么想束起你梦幻般的翅膀
哪怕只是一夜的风
一瞬间的毁灭
只求你永远不再去远方

随风飘去

“爱在身体里藏着
不可以漏一点风声”
这种技巧和秘诀
这样耀眼甚至光芒
甚至芳香的开满花朵的树
满地的薰衣草
在春夜里枯萎

或者一片叶子从树上落下
或者肩上一颗深深的牙印
天就这样暗下来
在哀伤中让幸福离开
爱和恨的伤疤
你怎么知道不会绽出新芽

终极的藤蔓
承受不住太多的尘埃

镜中的火焰

我在如此浑浊的忙碌中
在孤独的城市扮演一名过客
今晚经过你的窗口时
咖啡在我的头颅中渗透

这样炎热的天气亲近一个人
亲近小鸟在空气中飞过的划痕
还有你的掌心的形状
气喘吁吁地压得很低的
连接溪水一般的气息

在不知疲倦中的尖叫和奔跑
紧紧相依的快乐
在手语中为你安眠的魂
在一览无余的洞穴中期待的
碧草如茵般的
每一个春天

偶然想起

当我站在林中与你通话时
树梢上的鸟儿忽然叫了起来
桂花正急切地盛开着
你的新居敞开而又关闭
我在旅途为你写诗
在潮湿而又昏暗的天气中
偶尔发呆
看看邻家的院子里
干净的合欢树已垂下眼帘
桂花雨充当催眠师
大片落入呼吸中
疲倦被青烟带走
我的骨骼变得健壮而又饱满
时空相隔的大河
我依然把自己点燃
回应叩响门扉的疼
无论行至何处
散场的佳肴
一定会让人彻夜无眠

桂花雨

让人喘不过气的味道
在干海子
一边是枫叶的红
一边是落在地上
雨点一样的桂花瓣
知觉好像失去了控制
忽然间
金色的欲望
天真的冲动
让这山水之间的香
抵达夜色阑珊的
归程

岁月不辞而别
桂花的雨渗入泥土
决绝的风姿很美
想象灵魂在这样的雨中出没
容颜迟暮经年
一场雨后
会不会依然琴瑟和鸣

饮

水面上漂浮着花瓣
过去，粮食是用来换酒的

东倒西歪的树
叶子开始泛黄变冷

我是一只容易失态的紫砂壶
在发酵的洞藏里孤独

抱一捆收割过的庄稼
遇见爱情一样热烈

不该把心情晒的这么透
杯里只剩下最后一点尊严

若即若离的脚步声
是谁已经衣衫尽湿

听雪落下的沙沙声

抽身一次开怀畅饮
听雪落下的沙沙声
深浅得不着边际的雪
如此恍惚而又亲近
辽远中赞美俯身来临
孤独变成另一种昂贵

听不见水流的旋转声
冰河是一幅水墨画
枯叶飘落后沉寂短叹
潜伏的幻想蒙羞
这场及时落下的雪
正弥补旷野一部分暖

雪在万物之上
万物变得欢喜
天际线的马匹在撒欢
风吹过的叹息皆为过往
毫无悬念的偏爱
是落在我身上的温柔

下雪时在书吧里喝出咖啡的安然

寒意的侵袭
从风推开的窗口中弥合
一场大雪下在书吧的词语里
在故事的精彩处撩拨
一些冲动风疏雪骤
眉目偶尔惊叹于暖
缓缓的咖啡的香
以及苦中的另一种真相

这细软的雪粒之下
埋着一些悠长的旧事
倚在肩上的解药
在轻轻搅动中
饮下取悦自己的奔赴
此时不染纤尘的草木
从容而又纯净
一个没有挂碍的人
心里皆是安然

波光是一匹丝绸的动态缠绕

许多年了，这空灵的水波
贴近夕阳，不落俗套的表演
在下午时一定会沿着天际线
丰厚这片膏腴之地

冬日的秩序如疾驰的一场回应
隐秘而又寂静的一段历史
存在已经消失的时间里
灵魂在水光中宣示
尘埃荡然无存

源源不断地叙述
观望那些相亲相爱的机会
马匹在河岸边嘶鸣
一场大雪匆匆与落叶告别
河尽头的另一个机会
早已让人魂不守舍

醋

在陈年的日历上已经晒了很久
凌晨时分
酸从走错的房间出来
空气里的裙语
问候探亲访友的人们
在粉软的糖果里
活泼出一幅喜庆的年画

醋的角色永远不会变
在舌尖上偶尔撒娇旋转
它喜欢旁若无人
在天黑之后
与谁又是一场锦瑟沧海

寒意来得太快

过山车停下了转动
蝉的喘息声也远去了
撑一把油纸伞的巷外
我在听丰盈的喧闹
饮茶的人泡在旧时光
想起李白的明月
依偎母亲天堂的暖
可以转身的尘世
晚来天欲雪

清澈的暮色中
我们饮尽最后一杯本性
人间烟火中的良宵
不惑之年的弦
在菩提树下婉转
直到出现“剧终”二字
散场时虽有不舍
勿扰的无力感
苦海仍然无边

误入江南

在可克达拉行走
你会以为这里就是江南
杖黎桥下的朱雀湖
莲的心事飘落水面
花瓣雨中的亭台楼阁
一座座牌坊上的一副副柱联
画卷里舒展出的顽皮
暧昧出无限的念想

落日跌入伊犁河的瞬间
驼铃声由近而远
一条丝绸之路的曲线
起伏在这座小城的衣衫里
身体立刻丰盈起来

一座叫作《草原之夜》的雕像
琴音里有舒缓的诉说
历史从时光里走来
从容绕过一些虚构的栏栅
仿佛坦荡的灵魂
在千年漫长的等待中
始终怀揣不舍

一株稻穗的音调形色

成熟的腰身
是一种负重后的喜悦
致敬阳光
空气和雨水
而稻田中的虾蟹早已上岸
透明的生命体
归宿是一派清凉
田野的灵魂
依然寻找一种生长的真实
从收割开始
重复更多的唤醒

微笑是重逢后的芬芳
一粒一粒的饱满泌出汁香
舒缓的预言
溢出白色的交汇后
触发另一种生命

一株稻穗的躬身
是一种怎样的眉目传情
晶莹得触手可及

穿梭于人间烟火之中
秋天时正笑容可掬
接受一场庆典般的检阅

吟唱的草丛

木栈道上的脚步声是明快的
保持一种风姿绰约的风韵
初绽的阳光洒在草丛中
恬静的树林接受自然爱抚
节奏般的一种片段闪出
天空飘着的蓝
融入心界的庙堂
爱慕是一场游戏
在未知的追求里渴望

树梢上挂满缄默
忽明忽暗的气度
未必不是另一种从容
和救赎
痴迷其实是一种泅
疾风把至善的语言燃烧

风吹过往
专注虔诚跋涉时的无限可能
痕迹隐于春和景明的人间
这一程不寻常的追寻
更贴近真实的栖居

第三辑

远去的彼岸

一个人锦衣簇拥的背后

是汗水流淌出的一条长路

远去的彼岸

寒气在暗处
更接近一处荆棘
病入膏肓，野蛮潜入
清冷的葡萄藤下，闲坐余年的背影
寂寞远去，唯一的墙
爬满沉重的往事

朝朝暮暮的怨，前世的一声叹息
在耳畔诅咒西极的薄凉
悲伤是一场宿命，肆无忌惮的
让彼岸的人疲惫不堪

白露前夜

落叶越积越厚，如惆怅满地
这个节气离中秋很近，但离我很远
很远的不仅仅是寒夜的寒
还有断断续续的雁鸣
伤感得让人无法喘气

这不是一个适合吟唱的日子
遗忘变得反复不安，物候之声
引领琴音从草丛里出没
逆风迟疑，天际线的一角
是今夜的祭坛
畏惧命运而又自愿腐烂

一个骑单车的人，无所事事
独自从一个方向跌倒
原谅这自然界的失态，看万物寒生
霜正在有序地应约而动
安抚被肆虐过的情绪
穿行在蒹葭之美的河岸
日落之后，无人可遇
玄鸟南归

昭苏上空的蓝

推开乌孙古国的尘封
辽阔的昭苏草原
大片大片的油菜花开满天边
开在云朵上面
我触摸着云卷云舒
仿佛一条天河
在她深邃的眸子里游过

彪悍无畏的天马
仿佛千年的仰望
流过岁月的童话
那炊烟升起的毡房里
马奶子喝得人沸腾，一家亲人
结成温暖的云团

而云端之下，草长莺飞
阿依娜湖边，马群悠闲自得
泥土让味蕾吐丝，乳汁一样欢畅
忠厚的汗腾格里峰，屹立千年
俯瞰万物的表达

这旷世无双的蓝
这与众不同的盛宴
在锋利的雪山之上
以饱满的状态绽开，万物肃立
唤醒这惊心动魄的翻滚
那楚楚动人的挥手之间
已忍不住泪水沾满衣衫

一条河的走向以及它的沧桑

我在楼顶看一条长河
追赶太阳而去
芦苇是它的参照物
道听途说的鱼儿去了唐朝

一个传说中李白出生的湖
是江山的绵延，失去的疆域
在后人醒来后
只有历史能说得清楚

岸上废弃的界碑
被水冲刷后抛弃
时间之手
抚平一条河的创伤
一场灾难渐行渐远
那是国土的划痕
让后来者渗出血的记忆

一代人的山河
断肠在日出天山

宠爱的大地，此刻秋色茁壮
悲伤之后
祥云依然辽阔

回到日常

月光在尘埃中肆意晃动
归隐在远山间的倾诉
落叶穿过身体的自由
沉默得不知所措
用叙事的方式找寻
虚弱的命脉那样孤单
春天的景象依然出没
恍如一场虚空的大雪
我看到时间在收缩

立冬

一场雪重返枝头
煮茶的野蔷薇熬出体内的寒
在低于霜叶的炉火中蛰伏
离真实的告别更远一些

几只麻雀与雪共舞
不轻易示人的肢体
在相拥时口蜜腹剑

季节的消失和来临
如同人世间不停的告别
多么需要一场盛大的伪装
在仪式之后把秩序彻底打碎

作别寒冷的人
循环往复而又焦虑苦涩
在立冬之日早已厌倦

又一个秋天

静止的寒冷麻木不仁
一棵老树被丢下的肉体
陌生的谜面
在流逝的瞬间转身

熟透的果子
弥漫水草的呼吸
空旷得令人忧伤
黑暗在抵达之前
变得无常

又闻果香

伊犁的秋天这么早就来了
画卷里的落叶缤纷
从缓缓的河岸飘过来
空中沾染闪着光泽的容颜
山楂又红，藏着情欲和爱
一城灯火，映出琴声的高贵
惊讶于相拥入怀的香
毫无征兆地赞美

树在阳光下一身盛装
挂满词语无法表达的成熟
柔软浸润
而又万物安然
装饰年年岁岁的馈赠
闻过果香的好事者
在路上奔跑而来

八月

八月，我只想去一趟昭苏
看开败了的油菜花
康苏山上我骑过的一匹烈马
待收割的小麦
和曾有过的一些幻想
当然还有哈萨克族少女上学路上
开满笑容里的花朵

其实，这些圣洁清澈的时光里
我还有一万个超脱的理由
旷远的苍茫与辽阔
爱我的人咫尺天涯
都挡不住我的思念越界
好想把这座山据为己有
这满目的风景
连同我自己
送给我深爱着的那位良人

酒香

啜饮流火般的水，这空气中的弥漫
用你含情的眼帘，看短暂的
明月又出天山

白露为霜，情景剧谢幕
红高粱的脸庞
微笑着，害羞般在粮仓沉默不语
沙沙作响的私密，追逐
肖尔布拉克开满山坡的光
单调，悠闲的
迷离般饥渴呻吟
心是一片空白，弯腰的少女
白皙释放这高度的燃烧
眼睛发红，混沌不安

酸甜苦辣咸，跳舞的五种元素
惊骇于她的烈性，一片海
淹没人的无限柔软
宽敞的，边城的臂弯

杏花落了

满山坡的野杏花如何落下
落下在这白云盛开的时候

时间在四月，光阴在跳舞
一个人的肩上承受不住这样的重
比如，她有了心事之后
是谁打湿了一段别离

春戏

都在写春色
写下千万朵盛开的脸庞
在无限的碰撞中明媚

眼下的四月
可克达拉的天鹅湖
唱着小溪般的歌谣
那些如痴如醉的游人
昨夜良宵一刻，山重水复
在这春风中相逢
这样的旷野之外
花枝插满天空

世界上最贴近的亲密
是水里白天鹅般清晰
嬉戏缠绕
那种轻盈的感觉真好
水面上充满了律动的灵性
水草恣意疯长
刻骨铭心的感动
忍不住又添新绿

叶子

叫作叶子的一次绽放
奢侈般选择有形的仪式
它的一生旅程很短
短暂得让人不由自主地潸然泪下
光合的美妙的味道
我怕这片珍稀被谁摘走了
我只想它落到我一个人的掌心

成熟的阳光

我说的四月里的阳光
是在我的肖尔布拉克
桃花般的光洒遍落英
很公平地铺在大地
亲近着我的乡亲和庄稼
让我想起某个时辰
听花开的声音
在盈满阳光中歌唱

这样的时刻巩乃斯河水温顺东去
河岸被阳光诠释
空气中不见一粒尘埃
盛满了清晰透明的音韵
岁月不肯回首
而此时的恩宠
让人感觉未免太短

想念昭苏

比白还白的云
在昭苏
一会儿安静一会儿起伏得惊涛拍岸
特别是在夏日的雷声来临之前
有时突然会旧病发作
分娩一种疼痛

香紫苏疯长着
浓烈的弥漫开来的野性的味道
是丰满的波涛起伏的肉体

农人盼着大雪早点落下
大地的目光已经熟透
云该退去了
夏天灼伤的词句
在果实收获之际
想到安息

那拉提的颜色

在空中草原看见你的时候
此时那拉提已是万物芳菲
盘龙骨是一场弦乐

毫无节制疯长的绿
灵魂已装不下这么大的世界
一面镜子妖娆拂过彼岸
简单而又纯净
膨胀的欲望开满大地
是自由最初的一丝萌动
攥紧舍不得丢下的馈赠
手心只有一次誓言
一派繁华不容侵犯

雨中那拉提的一些想法

是这样的雨一般
你的眼泪滑过我冰凉的肌肤
击伤我的左背
一颗子弹的方向失灵
在阴暗的刹那
突然间加快速度
刻意般在一棵树上
爆裂

那么多的水滴
在渴望生的禾苗和草的心事中
学会用生命付出

枯枝有新芽萌出
云层继续在加厚
好像爱情
在风中飘忽不定
在雨中藏满秘密

葵花暗伤

铺天盖地地开遍
渴望阳光睡去不再醒来
向往某一天雪花飘下
骨子里欢乐春天的响动
在火热的回眸中
真理的哭泣是拂不去的暗伤
高挂在火炬之上
一地果实
闭目等待远逝的马车归来
有谁能说出流血的记忆
只与季节有关

看雪

感谢这场旷日持久的雪

经过这个冬天就不再想起夏天
沙漠之上的雪山喷射大片的光
在我心上

这其实是一个色彩艳丽的冬日
云在层层叠叠中飘然而去了
牧羊人躲在冬窝子里
我的双脚不听使唤
唯见天空有一群活泼的鸟
让人肃然起敬

人和鸟类不同
就像家家都有孩子一样
一种被大雪覆盖的骚动啊
在雪之下潮汐汹涌

这是一片历史的内陆地
山野萧索岁月凝定
独自一人在旷野里在一个

叫作新源的地方看雪
这世界是我一个人的帝国
感觉真好

无奈的高粱

迫不及待地垂下头去
体内鲜红的血管变得无力
如同一条河流在日夜行走中
突然渗入沙漠

为一朵云在飘过的时候
感受理性的召唤
零乱的根系
以一种隐秘般的疼痛
放弃抵抗
远在山梁上的歌声
在更加凄凉中
击败一地高粱红

高昂头颅的尊贵时辰
在临近生命终结之际
停止吸引
唯有灵魂
以及灵魂所昭示的一种真理
让宽广的胸襟
为人类制造丰收的结局

妖娆的雪花

我仍然为此持烛
仿佛一种意境中的情人
怀揣一段晶莹的往事
在现实与梦境之间
倾诉刻骨的哀怨
分明是一颗玻璃做的心
人约黄昏之后
飘零一地哀愁

心形的叶瓣
是让人心动的原型
踏雪而歌就在今天
唇齿之间指尖之上
环绕你的是缅怀中的七夕
昨夜不经意间的寻找
已成今日黄昏望穿的水滴
散开着你的困惑和美丽

这个没有目的的精灵
去完成一次完美无缺的葬礼
从此之后

雪花妖娆中与你相逢之后
致命的伤口
不知为谁哭泣

冰酒

是七月七老天定下的一个规矩
这个舞蹈中的冷美人
在七夕银河的桥上
在烈焰中融化一对恋人

缓慢地活跃表情
任意地舒坦姿势
在依偎过后
周而复始般
一点一点反应

下午八点的棉花

这是一个叫作可克达拉的下午八点
棉花坐在人们兴高采烈的肩上
纠缠着相约在归仓的路上

一群羊走得很快
一片白在流动的方向中
娇柔在古典的相思之上
温暖成最好的咒语

土地就是如此
那些早春踏青的人们
想象不到棉花拥挤时
肯定不会旧事重提
而我知道
躺在棉花中安眠的时刻
其实又是一次欢娱的旅程

黑土

这片黑土对我来说
具有十分重要的意义
因为我是她的最不起眼的情人

我常会一个人去寻找她的足迹
她的绿满山坡的草
她的开遍山谷的花
以及大片的小麦和油菜
都是我的依恋啊

我知道我不能停下我的忙碌
我知道她的欲望的眼神
在燃烧我的时候也在燃烧她自己

我看见远山深处真理的月光
从夜晚开始梦见麦粒和羊群
从春天的授粉开始
又见乳房饱满的秋天

风从舞台穿过

如流沙遇到潮汐
简洁若草茎之上的暗伤
是谁苦难一生的灼痛
这穿过舞台的风
这为谁倾诉的嘴唇

一枝香烛为谁点燃
伫立雨中的寂静
空气，自由的水流
悄悄让风抵达不经意之间的
花朵果实

其实幕布是一张纸
轻轻地很容易被撕去
如同爱情
物质的声音不在体内
如同鸟儿
一生中飞不出一片森林

残酷的是舞台
自由的是灵魂

一只蝴蝶

陡峭的山崖像利刃
利刃之上是一只灵魂的命运在舞
在崇山峻岭之间
你无声无息地呼吸，为着一个人
经常在冰雪似的日子里颤抖
在乱石和灾难中沉默

必经之地，不全是花香鸟语
有时在火焰中，如一滴水
艰难地穿过石头
内心的泪水，象征着真理的旗
像你的名字一样圣洁
情感的雨渗入你的骨骼
坚硬地生长拔节
我知道你渴求自由的花香
你的真实是同春天融为一体
在完美的爱人怀中温柔
如同一条鱼游入江河
在每天的日子里
想象你飞舞的姿势
就这样让人牵肠挂肚

亲爱的槐花

原始的情感在谷雨之后
枝丫上的一些心事变得干净香郁
微风飘来美好的少年时光
炊烟、狗、授粉的花朵
彼此收敛的笑
搅动人心的眼神
这样的时光不够我一个人享用

这是我晨练中的一个细节
鸟在花上舞蹈
干扰我某种记忆的完成
肆无忌惮地开放
是我信任的一份证据
我在这样鲜活的时光里出没
相依相偎的故人
大段大段的影像
渗入骨骼的酣畅

撒娇的荷

下沉的感觉是尘埃的存在
失去灵魂的外壳之后
你是一尾无法继续游动的鱼儿
在灯火阑珊的大街上迷路
一场阴谋的沦陷
婉约在智慧之上
在蝉鸣的滋润下泯灭良知
嘴唇深处是云朵呻吟的一种

和莲相依为命，相拥而坐
内心的贞洁灼痛一个季节
在荷的下面千藏百隐
命运的风暴就要来临
此时此刻的荷
在美色中沦陷为果实
缓缓的致意中
我们一起去一个熟悉的地方
感受似水流年
感受在水面的招摇

在春天走失的花朵

其实四月很安静
只有在零时之后才能听到
那些万物生长的声音
就像被纠缠不清的爱情
泪水浸着灵魂
在腐烂的思维中
不停地抽动身体
还有那束走失的花朵
在舞女一样的扭动中
目瞪口呆

凝固了的时间化为灰烬
一些花瓣成为奴隶
或者狗
或者虚脱了的呼吸
一只萤火虫飞来飞去
一座寺院的暮鼓重又响起

舒展的梅

在某一个动人的时辰
是一段弦月照在一面旗帜之上
因为盛开而向上
如鸟儿的舞姿自由跳跃
旋转的草在疯长
一切欲望都在期许中而至
开满幸福的时光
怀春的那声呐喊
以放牧的姿势
在经典的水性深处

情不自禁，幻化为蛹
蛰伏在初春的花茎中
和爱情一起天天向上

泪水洇湿着火焰
一朵怒放的梅花
在逐渐明朗的想象中
云朵一样的伤口
有一股暗香涌出
撒落一地生动的烛火

多少看不见的情节
在猝不及防的淬炼中
追求绽放
日渐丰满

朱雀湖

草木如流水
星宿的前与后
飞鸟的翅膀
在城市的一隅明亮闪耀

玄武花未开
一棵大树的倒影
在空气中伸展
经年之后
湖水的高度
是下在冬天的雪花
是在另一个世界的
神的安排

一个人锦衣簇拥的背后
是汗水流淌出的一条长路
这哪里是一池湖水
这分明是一群跋涉者
驿站中的一片光彩

散步是一件美好的事情

阳光真好，和一个人散着步
聊着闲话
随手摘颗沙枣放进嘴里
满口的暖弥漫全身
仿佛这个世界如你的身体一样
渗出香甜

这么美好的河边树在摇曳
花儿正开在你的眼睛里
而我的心儿在冒险
看见更多不真实的风
穿越这个季节之后
彼此心照不宣

寒风在黑夜降临

一枝花藏着暗伤
依然风情妖娆
不露声色的拒绝
是一柄生存经验的利刃
在透明的立春时刻
在许多事物躁动的启程的路上
一夜之间的凋残
到处都有寒风过后的景致
到处都有微笑般闪耀的花瓣
姗姗来迟的渴求
在无声无息中缓缓走来
急速而悠久的固执
在不知所措中寻找出路

一尘不染的叶子

今晚有风在火焰来临之时
光的纯真被优雅的长发蒙蔽
弦弓般的划痕
在摇摆不定的泪雨婆娑中掠过
感觉寒冷
感觉语言在纵容之中被冻结
一棵树隔着一面玻璃
脱落的叶子是唯一的真实
为数不多的眼泪在恐惧中
在沉默中穿过盗窃者的身体
漫无目的寻找
爱情像一只受惊的鸟
失去了应有的力量
雨水柔情
树叶覆盖的声音
在激越的黑暗中坚不可摧

薰衣草

我们让蜘蛛织一张网
把蜜蜂从天堂引向人间
新源的这个季节
奇异的花香能让一方晴空融化
等待落红的风雨
让邪恶和游戏
在我们透明的赞美声中离开
美人的目光
只为昨夜梦中的践约
以触及心骨的力量
在如此渴望的注视中
让人灵魂出窍迷乱四季

多么好的时光
秋来香满地
生机盎然的草的欲望
在崇高中接受爱抚
在新鲜的日子里感动自己
明媚的芳香是娇娘伤感的眉心
在一管笛声中
在我们的呵护中变得干净
变得浓郁异常

在枫丹白露想起一个人

折叠出的林荫道是金色的
指缝中的每一寸凝视让人妄为
缓慢或者匆忙而过
一些传说闪烁其词
想起有一个人明媚的自由之行
找寻有关风月的沉迷
以及无法预知的云雨
在风吹落叶中弥漫开来

善待如期而至的喜悦与获取
看一位女子袅袅从湖边离开
幸福是一只烈鸟
一切都与相遇有关
又如同一个人的早逝
无意中躲过了一场转世

奥维尔小镇见凡·高雕像

不可错过这挽留
换取一场对一朵花的致敬
我躬身买下几幅赝品
想象作者依然在人间的模样
此时向日葵已经收割完毕
在这个叫作奥维尔的小镇
熙熙攘攘的人群
是一片富于想象力的麦田
祭祀在凡·高的雕像前

生命的苦难
震惊盛极一时的狂野
而后是一次极具优美的
痛苦而又灿烂的坠落
一个桀骜不屈的灵魂在混沌中逃避
别样的乡村在阴暗过后
向日葵开得依然超凡脱俗

去理解一位窘境中的悄然离去
在寻找中已是感慨不停

普罗旺斯的脚印

值得去一趟这逶迤的山脊
听从一场风的暗示
遍尝这空气中的甜
和独一无二的热爱
端详这盛开的火焰蓝
这唇一样湿润的花瓣

这个时候不谈爱情
我知道
下山之前
必须将走过的脚印埋藏
我怕走夜路的人
陷进去之后
不能自拔

戛纳的红地毯

从局部开始走动
身体不停在倒退
不可预知的事故
依然有那么多前赴后继的星星
跌落或是光彩照人
宠幸的花期很短
引人注目的夸张
层出不穷

花开花谢
这个叫作四时不谢之花的海岸
经常有疾风骤雨降临
一个提灯的人
垂涎三尺
经常在黑夜中寻找着什么

风从尼斯吹过

风不正经
这地中海里的风
顽皮时还顾盼生辉
迷人的蔚蓝吻遍慌乱的撩动
感染的涟漪
从海面穿过来的传诵
一切戒备被安然放弃

这正经的风
不说话的风
一览无余地涌起
宽广中不动声色
勾魂一样的潮水
不正经地看着日光浴中的
人体

想起青城山

已经过去很多天了
在家里的葡萄架下依然看到一座山
用我终生美好的过程
抵达那片坚硬的幽静地带
这个下午，雨水又来
芦笛深处，自由的心事被醉的风
摇得东倒西歪
青城真的是一座山吗
愁上心头的憔悴或者脱俗
只有自己明白

九寨之水

这里的水不是一个人的眼睛
我在水韵之中幻想着骨感
和水的舌尖想要达到的目的
是皮肤，和呼之欲出的
一个朝代悠扬的民乐
灵魂被花香追逐
凝成五颜六色的阴谋
在天堂之上
在往返的栈道上
就这样违背一个人的初衷
在一幅水墨画中梦回大唐
美轮美奂的五花海底
是我此生速度最慢的一次行走

在高处飞行

这算不算爱的极致诱惑
虚拟而又真实的高度
在万里挑一的云层上面
表白

背影

感觉不到平静的存在
每天走在地铁口
看那么多昆虫爬出来
在树梢游动
花朵忏悔在走失的欲念中
支离破碎的光与影
遗落在命运的回响中
时间如此变为漫长
忍耐也是另一种救赎

淅淅沥沥的雨
失魂落魄般吊诡
苦恼时的一些冲动
无用挣扎的宽恕
宿命吞掉一切的拯救
笑容在睡梦中借酒还魂

飞翔的白杨树

双手开始在风中对视
牧场一样的街道畅通无阻
航行的江湖继续生长
盐与光的混合
安宁的船今夜靠岸

穿过云层暗恋的雨
在一次又一次争宠中倾盆而下
一些叙事，呼吸
熟悉的杨絮花奔跑成装饰品
若无其事般疗愈叶落时的不安

白杨树的尊严不是疯狂时的救赎
火焰是枯枝的高贵
是誓言的宣示
是抽离尘世沦落许久的
痛

人间辽阔
飞翔是期待已久的仰望

河被驯服得心安理得

一条河如果开满鲜花会是什么样子
挤牛奶的姑娘已经告诉了你
此时一座山正在纷繁的日常里
倒映进来
还有满坡的牛羊
魔幻得深不可测
日光在河心铺展
弦出绝技的野鸭子
恐惧般躲闪
时空有度
标本一样打破一切秩序

此时，《草原之夜》的歌声响起
河滨公园百鸟争鸣
一条路落叶问舟
泄露一场爱情的秘语
天鹅湖站到了
河底变为现实主义
灌木丛中寒意出没
一种约定俗成的可能
抵达我的视线

河水被驯服的过程
是这座城市
曾经的一场空前的劳作
没有终点站可以停靠
前方夕阳深处
有浩渺的隧道纵深
山外有山

那拉提即景

行走在草原细雨微风之中
那拉提这幅宏大的卷轴
沿着雪线徐徐铺展开来
此时顶冰花开得热烈而又炫耀
容不下一粒尘埃贴近
风们正漫无边际地吹嘘着
这人间的无法比拟
色彩是这片土地另一种
独具的诱惑
绽放时自由而又坦然

时间这时也会慢下来
从一棵草数起
看一只羊的形态
柔软的云朵的无力
这些慷慨的奖赏
出其不意得让人为所欲为

时光之手仿佛召唤
一场人间叙事
巩乃斯的马和山势一样

骨骼坚硬
在开阔的原野
赤裸
抒情得肆无忌惮

野杏花谷

漫山遍野的传奇
明媚的光以母性的爱
拥抱这场盛开

庞大的家族
从谷底望不到尽头
花事在山腰间迎接
一波又一波潮涌一样的花语
那是春天的尖叫声
是沐浴后的千娇百媚
只为等待这最美的良辰吉日

野杏树安居于此
鸟鸣的婉转声与花瓣的浓度
拂面而来
惊艳于一场雨后被荡开
种下的光阴贪恋这人间欢喜
收尽每一寸春色

自由的景象灼灼其华
渴望去山顶称王

想象这样高耸的暗示
色泽纯粹
配得上这三万亩浩浩荡荡的旷达
一晃而过的花期
容得下人间更多的目光

芨芨菜

它的生长期很短
只需春天的一场雨
蓦然初遇
像邻家的女孩
已经天然长成
害羞一样的娇嫩
清澈的身体新鲜得让人
垂涎欲滴
并失去控制力

它只在每年初春
匆匆而来又匆匆而去
我不曾错过童年的记忆
关于成年后的一些恍惚
和一些狭隘的认知
不如讨好这一株草
只有它为我补心安神

路途拥挤不堪
我只想在这短暂的日常里
等待这样的诱人

顶冰花在雪地上喊叫春天

一言不发的余晖
正从山坡上滑落下来
久违了的草木萌发
一年一次的土地开恩
藏在喜悦中的一些暗语
正偿还给冒险之绽开
脚下竞相开放的洁白
温暖而又辽阔
潜伏于这浸润之中
奇迹般获得信物

天边的云不屑一顾
这善变的山脉走向
徐徐的风吹出的漫山的青草
凝滞在这洒满阳光的花丛之中
盛开这种方式
真的让人在不轻易中
柔肠百结

第四辑 故乡的眼神

忏悔在每一个您离去后的时光里

怀念往事中您的幸福的照耀

故乡的眼神

沉默时想到故乡
心情更多时停留在少不更事
温暖，在十月的别离
好像一粒稗子被遗弃
当然，那时还没有这种想法
那时的笑脸清晰而又芬芳
而今，一只倦鸟
找不到归巢的去处
寻觅的眼神已经清瘦无光

这个秋天的渴望
被栖息过的门框拒绝了
乡愁是骨头里的疼
心事重重而又诧异不定
又仿佛是劳作后的憔悴
坚韧后又变得明亮
朴素的庄稼地
熟悉而又陌生的表演
沟壑望穿秋水，旧事重提
从少小离家数起
年复一年，背负沉重的磨损

也许释怀之后
苦涩就靠近了炊烟
鸡啼与狗吠

四十年的纪念

四十年前的火车走远了
敞篷车脱骨换代
鹅毛大雪再也见不到
四十年的时光瘦成了残荷枯叶

美酒一样的年华
芳草般的绿色军衣
都还给了故乡
天涯尽头皆是沧桑一样的江湖
鬓发从黑到白
都是舍不下的星辰
又好像擦肩而过的云烟
忘却、回忆或者纪念
都留在了白杨树旁的沙场

想象当初的模样
你的模样我的模样
多么透明的风花雪月啊
干净的内心
和那些抱团的取暖
春秋虽短

但满目皆是感动

而今望穿四十年的来路
奔波的场景依然历历在目
悲欢聚散只为自己安魂
有生之年的轮回之后
苍凉的背影
不知会遗失何处

母亲节

这个日子对于我来说很特殊
我想到了母亲的坟头
我接到了朋友们
祝福天下很多母亲的短信
这个时候
依偎母亲的麦子们应该抽穗了
墓地周围的几棵柏树
应该有鸟儿们
为我的母亲唱歌了

这个时候，我在新疆昭苏
我想象我在大河之南的母亲
已经接受初夏阳光的温暖
当然还有凉爽的绿荫
为母亲的天堂之旅见证
安宁和幸福

母亲，昭苏很安详
儿子在思念您的时候
正在倾听油菜萌芽的声音
我知道，您最喜欢的油菜花

过几天就会一派金黄
而您是一个有福之人
这里每一朵花开
都是为您奉献的芬芳

思念母亲

我不知道完成一个词语的艰难
在凌晨五点十分，是那么的了无痕迹
尘埃中的哀痛
嵌在我的内心
温暖我一生的母亲
在二〇〇六年的最后一天西去
这一天新疆伊犁漫漫的白雪凋落
我的泪，体内的伤，流逝的水
覆盖模糊的悲怆，寂寞的人间
唯有一种声音响起
刺破黑夜
在感天动地中接受寒冷

我试图点燃一次又一次的幻想
愧疚负重的良心
仿佛艰难的而又淡淡的云烟
隐隐的一种感情的流
血脉相连之处
唤醒我的母亲，来验证我的存在
记忆出现我在一个叫作肖尔布拉克的地方
为母亲尽的一个月的孝心

和生前我唯一的一次为母亲剪指甲
那天中午的太阳繁花似锦
母亲慈祥地看着她爱的人
祈祷公正的时间
在香火不断的长河中
接受幸福和安宁

而今，母亲走了
生命的花朵
真实地开在天堂的路上
我和我的战友朋友妻子儿女
跪在与天堂之隔的尘世
以成人的仪式为母亲送行
万物在大雪中悚然落泪
一滴一滴都落在离天堂最近的地方
让那些花开的声音陪伴母亲

母亲，您走的时候我的理智被撕碎
那个大雪不停的日子
我没能如愿回去送您
忏悔在每一个您离去后的时光里
怀念往事中您的幸福的照耀
为您这一生假如还有来世
做我的母亲
深深感恩

春日哀歌

九年前初冬的新疆伊犁
你从满眼风光的江南走来
那个晚上的欢迎晚宴
你俊朗的身姿超出我一般的想象……
伴着杜鹃花成长的男人
怎么会有这么一副硬核的情怀

从此你把你的余生交给了西部
一个叫作可克达拉的地方
一张白纸
你出神地用足了绣花功夫
在夏夜在冬日在无数个不眠之夜
潇洒自如地作答这张试卷
舞台的中央
你的形象是一部经典画卷的传说

有个午后你在与人对弈军棋
简单的陋室里你指挥千军万马
一如你自如描绘这座城市
从一朵花到一棵树
你的胸腔里

藏着这座城市的花红柳绿
青山碧水

而今天我真的不知道会以如此的方式送你
丹徒的长青园
青冢的黄昏路
梨花早已凋谢
悲咽的人群在与你作别
你是一个为众人抱薪的人
这个春天你的脚步还没有迈出一步
却被病魔牵着去了回家的路
你已经忘了你和大家还有一个约定
退休后在可克达拉把酒望月
听你所爱的喜鹊婉转鸣唱
而如今这些诺言已经枯萎
如落叶般飘零

你一个人又孤独地回到了镇江
完成这个尘世中最后一次旅行
你归来时江南已是春天
无奈地在繁花绽放中获得安宁

今夜有雨无情地落下
有无数的眼泪弥漫在可克达拉
一场无法感知的轮回
正在毫无征兆中发生

惊蛰又来

祝你平安
在山雨欲来的每一天
就像草发芽桃花又开
依然每时都在心里默念

苍白无力的不仅仅是过去的冬天
万物失语
白昼过后黑夜又来

坚硬的意识被撕裂
时间蛰伏着真相
一个人已经走远
你来了又有什么意义

花祭

在江南的三月
很多花已经化作了春泥
比如在镇江的黄鹤山
那个叫作刘裕的宋武帝
看花枝招展黄鹤云集
闲情中舒缓出一场风花雪月的山川

阴雨中花瓣撒落一地
行走江湖的冷暖回望
人生无常的尘埃
力不从心的疆域
辽阔而又暗淡

叩问

是什么样的风术
让天气这样绝望
是什么样的神秘
让风中的烛光
跌下深渊

哀歌

这个让人不得安宁的初冬
我想逃出这些僵硬
这些目光凄凉的伤口
黑色的白色的
致命的秩序
这些放错了地方的道具

时间的流逝也是一种情殇

砖的成色和形状
是我小时候伙伴的杰作
火大火小都由不得自己

我是一个归乡探亲的人
屋前平坦
屋后的月亮每晚都要升起来
我守着母亲失眠
孤身离家多年，家依然宽容待我
早晨起来时间悄悄溜掉了
世界很小，就如同我记事的童年

属于我的事物已经不多了
但我晨起的第一件事
就是看看院中的一切
以及对面山上的石头和树木
感激地向他们问好

有时候会想起一些孤单的事情

秋天了，只有穿得厚些
这是打发风的侵袭的最佳方式

天色近晚，河水边走走的过程
是记忆的桨
传递陌生乡音而来
我还等待什么
我知道乡情正涨满田埂
浅浅的青草
像脸谱般形成一声吆喝
肆无忌惮的唱段
正植入我鼓胀的胸腔
思乡的泪顺腮而下

这是一个人老去的前兆
儿女不停地长大
乡情折断柔肠
只有掬一汪这脚底下的清水疗伤

母亲病了，而我在远方

在感伤的黄昏
母亲的形象
不动声色地被我抱紧
如此痛楚地
从我童年唤娘的第一乳声起
让我这么踉跄地跪在地上
孤立无助地淌成一条河流
我看见母亲湿润的眼中
阳光、时间和伤害
容纳我的只能是母亲

一粒尘土在过了很多年之后
在浪迹天涯的路上
在我唯心的意识和经验之中
显得苍白和荒芜
母亲经受了两个月的疾病打扰
而仍然不让兄妹们告诉我
仅仅因为一个电话
我感觉到了刺心的痛

二十四年不在母亲身边

而今母亲是我承受的生命最重
我愿母亲平安
我愿母爱伴我今世今生

想起我的小时候

一定会是某一个人
在记忆的瓦片上
穿越时空的雨丝
缠绕在梦境之上
回家的路是一个醉汉
故乡每天都在迎来送往
泥土的真诚和树叶的招呼
内心的一本书在撕开后
伤痕累累

好像一粒红樱桃的走动
十分简单而又光彩照人
河边芦苇民俗画中的歌谣
是隔壁邻居兰姐的情怀
失眠的光找不到温暖

而此时我是一个唐突的孩子
青苔般地起伏
阳光般地顽皮和闲适

而今我远走天涯

诗歌中的伤口
唯有故乡的水才能冲洗
而伤口中的村庄
是我此生舍不下的牵挂

失去了芦苇只剩下声音

半月内在一条河岸的视野中
我出现过多次
大多数时间风和日丽晴空万里
庄稼们拔节的声音
如情人般窃窃私语
我注视着茂盛的叶片
依旧有一个人
隐藏在我悲伤的内心
我不仅仅是悲伤
我在这岸边失去的
还有鱼儿一样光滑的惦念

退却

村庄在下午六点时分开始打盹
半醒半梦
修正一些波澜不惊的回忆
并不是一件容易的事
就像头顶飘忽不定的炊烟
与白云不停纠缠周旋

村庄里的亲人
洗去秋色中的尘嚣
卑微的喘息中灵魂四处游荡
微不足道的往事纷至沓来
无处安身的故交
听见呜咽的声音走远
生活这个圈套阴险无比
布满露骨的妩媚里
暗藏杀机

春天，在可克达拉七一七大道

一排排的果树
是从南泥湾移栽过来的
是从我工作过的七十二团
红军团纪念馆里培植的泥土
那些老照片
还依旧挂在墙上
枝繁叶茂

万物回归可克达拉
萧克的诗王震的脚印
铸剑为犁时的淬火
如果也叫交响乐的话
那种中音的伸展
高音的姿势
肯定是世界上最美的华章

犁铧翻过的泥土
如今种下了好多的绿
好多花，好多好多的湖水
赶赴一场春意盎然的约会
无法停歇的时光里

一群鱼儿游来游去

我试图把这一地的肥沃
变幻为无数的传说
栽到离天堂最近的春天
六十年的疾风侵蚀过后
依然这么光滑的肌肤之上
发芽、舒展、风调雨顺

春风至万物生
时针的速度与绽放的花朵
百无禁忌
桥下的潮汐漫延
毫无征兆的事件正在发生
好天气天天有
好年景在春风里荡来荡去

肖尔布拉克

沽在时间的漫步之中
我们都是一位极普通的行者
智慧的权杖依然在光芒中闪现
常有一些模糊的实物穿行于心
比如一些名词和动词
有时甚至在出其不意中就被他们俘虏

春播秋收如结婚生子一样
清澈的巩乃斯河之外
是山谷之上从容者的归宿
这一切让你在美好和沉痛之中
认识到这个地方是多么不容易
富于色彩又善于变幻
光荣和梦想
只在死后才把高贵的灯火点亮
而罪恶者的灵魂
在蛙声中的稻田
稗草一样被农人割舍去了

过去的欲望
如今开在花朵之上开在爱人的脸上

风轻蝶舞
征战的热血点燃历史的灯盏
土地上有太多的情节无法让我们割舍
自然而又动人
无论你今生何去
一杯伊力特
我们的身体都会像小鸟一样
不管飞得再高再远
痕迹亦如父辈的目光
让我们再也走不出他的心房

这绝对是一个悠然放牧思想的地方
懒怠的苍生不配在这里散步
有茂盛的梦想为伴
不能明白我们除了她到底还能爱谁
她给予我们的生命是有限的
但她的情意之重
让你在承受生命之轻的同时
感受灵魂高高在上
成长在这里的每个人都应该眼含泪光

其实肖尔布拉克还处在长身体的年龄
五十年依然青春年少
正在丰满的身体与你今生相依之后
无论你高贵或者卑贱
都会生长出遒劲的风骨
一如傲世的胡杨

死后百年不倒
倒后千年不朽

人到中年

四十多岁就有人叫我爷爷了
我在心里黑暗了好久

经纬的肋骨在秋后已经老去
交错的方向从左脑到右脑
找不到出路

更多的时候还是有人叫我大哥
一座山一样的称呼
像我二十年前坐在河边的小样
在风的怀里
恬不知耻般眉开眼笑

我知道一个隐秘的世界
已经打开
中年这个称谓
其实就是一方
正在隆起的一抔黄土

循环

绝望褪去目光的外衣
绕过一场大雪的隐约
夜晚的身体开始被挑选
苦涩中哑然失声
隐隐陷入错愕
一遍又一遍地进入
那片坟场的贪婪

异样源于土地被破坏
嵌入空泛的虚伪
等待哭泣吞噬嘶哑声
重复循环的气息变形
草木弥足珍贵

我醉了之后
才发现错位的循环
在时间的拐角处
已被打上死结

联想

雨一直下，山上的云
在树梢上轻轻地消失
年轮的石板路
在青苔的眷恋中渗出光
寒露过后
斜出黯淡

一个人出没在林荫深处
一些想象开始发芽
枸骨满树绯红
勾引败给了太多的联想
偷食的鸟无疾而终

夜宿天目湖

和一段旧时光一起
在山川秀水中栖息
这步步为营的兄弟
接纳千里江山的背后
共同赞美缓缓而逝的凋谢与盛开

湖面明月低悬
舷边慢慢摇晃的浪花
一抹万物欢愉的归处
穿过疲惫的行旅者
这些临时起意的奢望
遗失在竹林深处
在温暖的水边弥漫出的一些幻想
逍遥桥让人如释重负

雨的味道

无所事事地消失于路的尽头
不留下一丝痕迹
某些感知的惟妙惟肖
激活身体深处的
漫不经心的虚弱
某些隐退的道具
抵达时已晒出烙印
移花接木的奢望
流言分裂出的目之所及
短暂的相遇后
寻找晴朗的方向

时间变回事物的本身
坠落的雨的味道
落在模糊的黄昏中
受渴的目光缤纷自信
答案本来就简单
游戏在倦鸟归林后
一场叙述被重新铺展开来

来不及与一座城市告别

此时此刻
我选择暂时与你作别

熟悉得透明的景物
凝视最后一抹余晖
虚幻般不肯久留
赤裸着涟漪的草丛
丢失了很多记忆
局促不安的光影
兴致勃勃而又隐秘柔软

相望带不走的执念
还在深情地炽热寻欢
临幸时的心安理得
匆匆忙碌中的一草一木
滑落的对视
慈悲般欢喜

一场修行后的俯身
又闻到秋天果香的甜
婉转如云的倾倒
归来一定会笑容满面

在风雪中行走

此时，我裹紧一个冬天的欲望
奔跑在雪花里
被瘦弱的风一点一点刺痛

天气变化的突然造访
让人猝不及防隐入不安
穿透骨髓的冷
被大雪掩埋之后
正酝酿一场浩荡的春风

这场雨夹雪
被一个异乡奔走的人
读作乡愁

感知八卦城

风会走遍大街小巷
当然是烟火味浓烈的哲学
抽象得无限宽广
冬天的街道在沉思后即兴
有时阴有时阳

重新认识意犹未尽的八卦城
的确不是那么容易让人豁然开朗
此时
这里的天空分外渴望赞美
快乐的离街
也正在探寻又一次乾坤未定
富足的雪和阳光
适合更多的人婉约和矫情

抚摸孕育万物的风水标识
感知恒久不变的天干地支
思想的宽广总让人流连忘返
喧嚣之后的真相
是生命中最好的体验
就像这冬天的冷

来年春天的暖

八卦城有时是个谜
留给我太多的无能为力
但我相信
思考的河流更懂得石头存在的意义
幕布之后
是一场即将上演的大戏

喀拉峻密码

远山中狂奔的马群
在雪中弥漫出洁白无瑕
赞美这质朴原始的立场
千年不变的誓言
一座山的玄机
是沉甸甸的厚重馈赠
是每个人寻找慰藉的最佳路径

缭绕的云海飘忽不定
纵横的沟壑藏着太多心事
一草一木筑成山脉的魂
清风在山谷中低语
山水迢迢
相逢是另外一种惬意
是因为雪，取暖时的光
窥视潜入孤独时的一次雪崩

此时
草原和花朵已经在沉默中退场
物候之声循环往复
熟悉而又陌生的覆盖

忘情于这山水之间的舒展
万物共生
蹚过时间的河流之后
抵达一座山的内核
伫立或者眺望
是此生唯一的选择

离街被抚摸的一片树叶

独享半城月色
在雪书下来的晚上
煨火炉的光
被云争先恐后带走

日渐消瘦的隐秘
喘息声
疯狂在波涛汹涌的丰茂里
沉醉成野草的倾诉
置于描述
仁慈般富于幻想

阴暗的相似部分
被一场雨水伸展开来
多变的天气宣示天籁之意
离街里熟透了的孕育
在微笑中长出色彩
在风雨里余味妖娆

不甘心的风继续吹着
思念在游人的脚印里沦陷

归途

等待一种结局
需要誓言和勇气证明
表白时也很敏感
举火把的人正日夜兼程
心事在旋涡里纠缠
细节是慈悲的反复出没
平庸已被日常遗忘

波澜不惊的过往
被忏悔打乱的平衡
睹物思人
过滤出远去的暮鼓晨钟
触摸一番淡然后的滋味
慈祥的灵魂在找寻
另一处起伏的岸
以及上岸时需要的坚韧

那拉提的月光

如水的月色落在草尖之上
铺满万籁俱寂的夜
草们被允许示爱
并侧身向游人致谢

雪山下的草地情怀依旧
月光静坐过的喜悦
被莫名的虫鸣声掳走
相思在栅栏之外
抚慰一盏渴望被点燃的心灯

波光粼粼的巩乃斯河
猜不透一缕月光入梦
千年的昼伏夜出
逐于流水的无悔
豁然开朗后的皎洁
在溢满安谧的下玄月里
相映生辉

感知这月色如洗的大地
恬淡的时光通透从容

躺在那拉提腹肌之上
此时适宜做梦
梦里有人煮沸了容器
这醉人的草原之夜
忍不住让人把酒言欢